UN FRANÇAIS

A

SES COMPATRIOTES.

PAR

L. DE LA ROUSSELIÈRE.

PRIX : 1 FR. 50 CENT.

A PARIS,

Chez LEVAVASSEUR, Libraire, au Palais-Royal, galerie des Proues, nos 51 et 52 ;

Et chez l'Auteur, rue des Blancs-Manteaux, n° 23.

1831.

De l'Imprimerie de J. Smith, rue Montmorency, n. 16

INTRODUCTION.

Je réfléchissais sur la position de ma belle pàtrie. Chez elle, je voyais tous les élémens de la gloire et du bonheur ; mais je me disais, que de dangers il lui faut encore éviter ! Son plus grand ennemi est dans une petite partie d'elle-même. Quelques hommes sont réellement abusés par leur imagination trop ardente, ou deviennent la dupe de gens intéressés à se servir d'une opinion qu'ils savent adroitement leur prêter. Ceux-là ne sont qu'égarés ; ils reviendront à la vérité ! D'autres, faits pour troubler le repos du genre humain, possédés du crime, ou aveuglés par l'ambition, sont bien plus à redouter. Comme dans le non-succès ou la réussite de leurs projets gît pour eux la question de vie ou de mort, leur activité est infatigable. Pourquoi ne pas essayer de démasquer les uns et de forcer les autres à l'inaction? Leur faux patriotisme et leur funeste ardeur du bien général peuvent revêtir de brillantes couleurs : Il faut renverser tous les trônes qui ne s'appuient point sur des institutions libérales ! Point de paix aux tyrans ! Un peuple a pris les armes pour sa liberté, soudain il faut voler à son secours, et mettre nos bataillons entre l'Europe et lui! Sans doute il y aurait de quoi séduire l'imagination; mais la politique d'un Gouvernement qui doit veiller avant tout à la sûreté de la société réunie sous ses lois ne peut suivre les conseils de cette imagination; car si elle ne se maintient pas scrupuleusement dans la route tracée par la froide raison, elle causera le malheur de plusieurs millions d'hommes, sans pour cela, souvent, arriver au but qui lui a fait tant hasarder. Remarquons aussi, de bonne foi, combien il est difficile pour le moment de gouverner, avec cette manie devenue si multipliée de critiquer amèrement les actes du Gouvernement, dès qu'ils s'écartent, soit de notre intérêt particulier, soit de notre opinion. Aujourd'hui chacun veut tirer tout à lui. Il faut de même l'avouer, la religion est menacée de tomber oubliée. Enfin des hommes, assurément bien ennemis de leur pays, ne rougissent point de faire de fréquens appels aux passions populaires; leur plus grand levier est ce mot si sublime, et si mal interprété par eux : Liberté! Sous sa protection sainte, ils suscitent la licence, qui seule peut seconder leurs desseins; ils appellent de leurs vœux, et provoquent par leurs efforts un changement de Gouvernement! Qui les inspire?

est-ce l'amour de leur pays? Ils le disent; mais est-ce ainsi qu'ils le prouveront?

A la vue de tant de périls qui menacent encore ma patrie, mon cœur a frémi. Dans son amour pour elle, il a trouvé le besoin d'exprimer ses sentimens!..... J'ai cherché à peindre rapidement l'état moral de notre époque, et tous mes efforts tendent vers un même but : prouver la nécessité de la paix, et celle où sont tous les amis de l'ordre et de la prospérité publics de se rallier franchement à la Monarchie constitutionnelle, seules chances pour la conservation de notre liberté, et de son extension avec les progrès de la civilisation. Sans doute l'on dira que je n'ai fait que planer sur les hautes questions que je soulève. Je répondrai que ne me sentant ni la force, ni le courage d'entreprendre un long ouvrage, j'ai dû ne point essayer d'approfondir chacune d'elles, voulant me renfermer dans les bornes d'une simple brochure. Si j'ai le bonheur de pénétrer dans le sanctuaire des hommes éclairés et amis de leur patrie, et si je puis ramener un seul Français aux idées du bien-être général, quelle douce récompense ne sera pas la mienne! Mais si, faible Icare, voulant m'élever dans les hautes régions, j'échoue abandonné par le bon sens, je demande indulgence pour ma jeune expérience ; et j'ose, me retranchant derrière mes bonnes intentions, réclamer un sourire d'intérêt, au lieu du signe réprobateur que le doigt sévère du public grave sur le front de l'imprudent qui a trop compté sur ses forces.

Je terminerai cette espèce de préface en disant à mes concitoyens que, sous la satisfaction de leur approbation, que, sous le poids de leur indifférence ou de leur ironie, je ne m'en écrierai pas moins dans la sincérité de mon cœur : *Tout à ma patrie!...*

CHAPITRE PREMIER.

La politique tombée dans le domaine du public.

La philosophie, on ne peut se le dissimuler, a jeté dans toutes les classes de la société une pomme de discorde, je veux parler de la politique.

Depuis le dernier populassier jusqu'au plus noble duc, tout Français est un dictionnaire vivant de polémique. Chacun croit avoir parfaite connaissance des coulisses d'où s'échappent tous les fils imperceptibles destinés à faire agir les ressorts de l'Etat. Cette présomptueuse assurance, qui se trouve au plus haut degré chez les ignorans comme chez les érudits, excite la plupart d'entre eux à une critique perpétuelle et souvent amère des actes du Gouvernement. Notre Monarchie constitutionnelle étant une société d'hommes libres, il ne pourrait y avoir du mal à ce que chaque individu raisonnât sur le mode qui le régit; mais il y a un très-grand inconvénient à ce que le premier venu veuille que les lois de la grande réunion soient faites d'après son idée et pour son avantage personnel. Il résulte de ceci qu'aujourd'hui chaque corps veut former pouvoir dans le Gouvernement : celui-ci doit suivre exactement le système qui a souri à l'imagination des membres qui le composent. Chaque corps, que dis-je, tout homme qui vit de sa plume, prétend lui imposer son opinion. Dans ce conflit de systèmes, sans contredit tous supérieurs les uns aux autres, une idée me domine. Je renvoie mes lecteurs à notre ingénieux Lafontaine ; qu'ils se rappellent la fable du Meûnier, de son fils et de l'âne ; ils y trouveront la position qui attendrait le Gouvernement assez faible pour céder aux insinuations de tous les maniaques de notre siècle.

Jeunes gens à l'âme trop ardente, vous sur qui repose l'espoir de la France dans son avenir, avant de vouloir changer son sort, étudiez-en les mœurs et les besoins ! Vous qui vous destinez à la carrière politique, rentrez dans le sentier qui doit vous mener au noble but que vous désirez atteindre ! que votre esprit généreux se fortifie par la connaissance de l'histoire de tous les peuples, de tous les siècles ! Approfondissez les lois de votre pays avant de vouloir les critiquer et leur en substituer d'autres. Après de mûrs travaux, si vous êtes en état de faire avancer d'un pas la civilisation et le bonheur de vos concitoyens, la patrie vous devra des palmes. Mais quoi ! cette belle patrie n'est-elle pas menacée dans son repos par ses propres enfans ? Que dirait-on du matelot imprudent et égoïste qui, se voyant près du port, appellerait de tous ses vœux les vents de la tempête pour y être plus tôt transporté, bravant par là, pour lui et ses compagnons, tous les dangers que les vagues soulevées d'un océan furieux amasseraient contre son frêle vaisseau? Nous sommes dans la même position : nous marchons vers l'état le plus heureux où puisse se trouver un grand peuple; la liberté se développe chaque jour avec les nouvelles idées. Un peu de patience, et nous arriverons à un haut degré de civilisation et d'indépendance. Avec le calme et du temps, nos lois s'épureront sous l'heureuse influence d'esprits froids et éclairés. Quelle est la seule égalité possible chez les hommes? n'est-elle pas devant les lois? qui osera nier qu'elle existe? Infailliblement l'espèce humaine touche à de grandes améliorations dans son sort. Chaque instant voit croître les forces de la philosophie; elle pénètre dans toutes les parties du Gouvernement; sa présence se fait sentir partout. Un Roi n'est plus pour l'heureux Français le synonime de despote. Au règne du bon plaisir a succédé celui des lois. Quelqu'abus cherche-t-il à s'introduire dans le grand code qui nous régit, n'est-il pas aussitôt découvert par la perspicacité des fidèles Représentans du grand peuple, et renversé par le torrent d'éloquence qui jaillit de leur cœur patriotique en flots victorieux?..... Que de choses je passe sous silence, et cependant ne s'aperçoit-on pas que nous procédons avec ordre à la perfection du régime social? Eh bien! au gré d'esprits turbulens, d'âmes peut-être généreuses, mais en plus grand nombre dévorées d'ambition et remplies d'égoïsme, nous allons trop lentement; pour pousser plus rapidement, quitte à l'engloutir, le vaisseau de la patrie vers le but désiré, ces fous (pour adoucir l'expression) persistent à invoquer le secours des passions. Mais, nous pouvons l'espérer, leurs efforts resteront impuissans devant le plus grand nombre, qui, vraiment amis de leur pays, veulent que chaque pas qu'il fait vers le port, objet de tous les vœux, soit mesuré par la sagesse.

Jeunes âmes, éclairez donc votre ardeur par l'étude, et le prix de vos utiles travaux sera de vous faire participer au grand œuvre de la civilisation, tant de votre patrie que de tous les peuples; et l'histoire, après ces services, pourra graver vos noms sur le bronze, pour les transmettre à la postérité reconnaissante.

Je vous le dis avec conviction, le seul moyen de réussir en politique est la connaissance de l'histoire. Pour être chirurgien, il faut étudier le corps humain.....

CHAPITRE II.

Du parti de la guerre.

La guerre! voilà le cri de ralliement de tous les hommes qui trépignent sous l'ordre actuel des choses. Les ambitions trompées, celles naissantes, les désirs d'un changement de Gouvernement, quelques regrets de l'ancien, de vagues systèmes d'utopies qui établissent les Français Don Quichotes naturels de la liberté universelle, et autres causes folles ou criminelles ont rallié une foule d'esprits sous les étendards de Bellone, comme le seul espoir de la France et des peuples. Doit-on les plaindre ou les blâmer? Il importe de les convaincre de leur erreur, et de les combattre avec leurs propres armes.

Prétendus libéraux, ils veulent le bonheur de la France ; ils ambitionnent celui de tous les peuples. Ils prêtent à ceux-ci des accens de désespoir, arrachés par l'esclavage. Le sang français doit sceller dans tous les pays la liberté après laquelle ils soupirent. Voilà leurs discours. Que l'on suive leurs maximes, et bientôt chaque souverain de l'Europe verra paraître devant lui un homme à vues philanthropiques et libérales, qui viendra lui déclarer la guerre, en déployant la toge sanglante ; et le peuple surpris apprendra que l'on vient le combattre pour le rendre libre et heureux. Soudain, depuis les monts Ourals, jusqu'au cap Saint-Vincent, il n'y aura plus qu'un vaste champ de bataille. Et c'est au milieu du bruit des armes qu'ils pensent pouvoir rendre plus brillant le flambeau de la civilisation! Les insensés!..... Aussitôt la malheureuse France, attaquée de tous côtés, aura besoin de tous les bras de ses enfans pour la défendre. La tendre poésie, qui contribue tant à adoucir les mœurs d'un peuple, ne verra-t-elle point alors sa voix étouffée sous le roulement des tambours? La plume, le burin, le ciseau et tous les instrumens des sciences et des arts ne seront-ils pas dédaignés pour l'épée des combats? Le génie martial, ardent et absolu ne dessèche-t-il pas sur son passage toutes les autres sources de la gloire? Enfin, comment trouver chez une nation toute guerrière, dont l'idée fixe est de donner ou de recevoir la mort, les douces vertus sous l'empire desquelles l'âme s'ouvrit à ces purs sentimens de sympathie qui proclamèrent que l'homme était né pour la société, et qui, développés et mûris, doivent amener l'union et le bonheur universels des peuples? Je ne parlerai point des fléaux, suite ordinaire de la guerre; tout le monde en apprécie l'horreur : je ferai seulement remarquer qu'après le règne de l'empereur Gallien, il fut prouvé qu'en peu d'années la guerre, la peste et la famine avaient enlevé la moitié des nombreux habitans du monstrueux empire romain. L'expérience sévère des siècles n'a-t-elle pas convaincu tout homme de bon sens qu'un Gouvernement qui ne se soutient que par les armes, doit aboutir au despotisme militaire? où est donc la nécessité de courir au-devant de si grandes calamités, et de faire faire à notre beau siècle tant de pas rétrogrades? L'Europe veut la paix! Au moment d'une révolution si complète et si inattendue, certes il était naturel qu'elle armât ses bras du glaive et du bouclier, afin de se tenir prête à repousser toute atteinte à sa tranquillité; et soudain l'on a pu entendre l'ambitieux s'écrier dans la satisfaction de son cœur : « Mon âme vient d'être émue, son feu vient d'être allumé, toutes ses facultés ont ressenti un nouvel être à l'immense cri de guerre qui s'est élancé menaçant des lèvres de l'Europe. Ah! puisse-t-il n'être point étouffé dans les replis de la politique! Quelle perspective ne s'ouvrirait pas devant une âme brûlant d'ambition! Car en vain voudra-t-on me dire que la gloire est une fumée, que l'ambition est un fantôme ridicule ; je plains le sort de ceux qui peuvent vivre dans l'obscurité. L'homme dans les bois cherche à maîtriser les animaux et à les surpasser en tout ; l'homme parmi les hommes doit vouloir être le premier. Un homme privé d'ambition est un corps sans âme. Je craignais de vivre dans un siècle mort pour l'histoire, ainsi que celle-ci nous en montre quelquefois. Non, tout me détrompe : les années que la nature me promet seront fertiles en événemens gigantesques ; les passions vont devenir rois, vont devenir peuples ; le drame sera effrayant, mais sublime. Tous les dieux ont les yeux fixés sur notre continent, et chacun prendra part à l'action. Je vois déjà la fortune distribuant à pleines mains les honneurs et les succès à ses favoris....., et tous les temples de l'immortalité vont s'ouvrir. Génies ardens, soyez satisfaits, votre âme brûlante abondera d'alimens! Cœurs généreux, élancez-vous dans une noble carrière où le courage seul et le mérite feront arriver les hommes vraiment forts! Et vous, esprits étroits, âmes faibles, cœurs privés de la vivifiante présence des nobles passions, buvez à la coupe stérile des jouissances matérielles; restez spectateurs de si grandes choses, et mourez comme vous aurez vécu, dans l'ignorance de votre âme et le calme de l'automate !.....» Ainsi s'expriment ces hommes gonflés de faux principes de gloire, et pour y arriver prêts à fouler aux pieds les maximes de philanthropie et de libéralisme dont ils masquaient leur ambition..... Qu'ils comprennent mal la gloire! L'Europe moderne, l'Europe civilisée qui s'est dépouillée des funestes préjugés qui ont pendant tant de siècles retardé les progrès de l'esprit humain et le bonheur des peuples; l'Europe d'aujourd'hui, dis-je, a horreur du sang. Les conquêtes à faire sont la tâche de la philosophie; à elle est réservée la gloire de confondre tous les peuples en une seule famille. Ridicule et insupportable nous paraîtrait la folie d'un étranger qui voudrait nous lier à lui d'amitié en nous maltraitant, et en nous coupant un bras ou une jambe. Voilà pourtant à quoi peut se réduire la propagande armée, qui paraît être à la mode chez quelques caractères maladifs de notre capitale.....

CHAPITRE III.

Des avantages de la paix.

Que sont devenus ces peuples conquérans dont l'empire embrassait une partie du globe? où sont les Assyriens, les Macédoniens, les Romains, les Persans, et tant d'autres qui semblaient devoir compter d'innombrables siècles de prospérité? L'histoire nous répond : Élevés par les armes, ils sont tombés par les armes. Jusqu'à présent, l'on pourrait croire que la guerre est un élément nécessaire à l'espèce humaine. Partout, dans tous les temps, les passions des hommes retentirent d'un bout de l'univers à l'autre en longs cris destructeurs, et trouvèrent un écho sinistre dans les coups redoublés du fer contre l'airain. Alors l'air se chargeait de gémissemens de mort ! L'on voudrait nous ramener à ces temps de malheur; mais la masse de la Nation a donné des preuves vivantes de sa sagesse. Une révolution grande, majestueuse, grosse d'événemens, accomplie en trois jours, est venue étonner l'histoire. Hé bien ! cette commotion violente, dont le monde devait se ressentir, s'est terminée glorieuse, sans réaction. Un grand peuple a couru aux armes pour repousser un prince que le canon proclamait ennemi de ses institutions ; et sous l'égide des lois, il a conquis la liberté. Les enfans de la France sont assez éclairés pour savoir que cette liberté chérie, acquise au prix du sang de tant de braves, ne peut faire de conquêtes, et étendre son doux empire qu'à l'ombre de la paix. Ils le savent, et repoussent les insinuations de quelques têtes volcanisées et de sophistes ambitieux.

Mais quel est ce vaisseau majestueux qui sillonne les mers ? Les vagues, sur son passage, semblent déposer toute fureur pour le porter mollement vers le but de son voyage. Les vents paraissent redouter de déranger la symétrie de ses voiles; et l'on pourrait presque les entendre murmurer complaisamment sous les caresses d'un drapeau tricolore qui ondoye fièrement sur la proue du navire. Ce noble bâtiment s'est élancé d'un port de l'heureuse France. Voyez comme chaque rive lui sourit. Il va échanger contre les productions de différentes nations, l'industrie de la sienne. Il fait mieux : à son bord, il porte des hommes amis de l'homme ; qui, apôtres des sciences et de la philosophie, vont éclairer de leur haute raison les régions que la civilisation a laissées en arrière ; qui, ministres de paix, vont resserrer les liens de la grande communauté. Parvenus à cette généreuse période, dont notre conduite peut rapprocher ou reculer l'instant, jetons un coup d'œil sur la France éclairée : à l'individualisme qui la minait, a succédé la sympathie : chaque homme rapporte ses actions vers un but général ; tout français contribue plus ou moins au bonheur de tous ; de tout côté grandit l'industrie ; l'agriculture ennoblie parvient à la perfection. Le commerce, encouragé par le Gouvernement, et protégé par tous, prend l'activité nécessaire, et donne la vie à tout. Chaque science, chaque art sont approfondis par des génies qu'enflamme la gloire de servir l'humanité. Tout concourt au bien-être de tous. Enfin la civilisation paraît dans son plus grand éclat : ce qui assurément ne peut être que le résultat de la paix. Alors, du sein de la France ne verrait-on pas s'élever un arbre immense de liberté, qui finirait par couvrir du même ombrage les différentes nations, et leur faire goûter les fruits de la concorde et de la conviction ? De ces fruits savoureux ne s'exhâlérait-il pas un doux parfum qui, porté sur les vents, irait faire respirer aux peuples les plus éloignés un air plus pur, des idées plus grandes et plus favorables au développement de l'espèce humaine? Mais je m'arrête; on ne tarirait point en parlant des bienfaits que doit enfanter la paix! A mon avis, l'Europe la désire, et particulièrement elle est réclamée par notre belle France, toujours la première dans la civilisation. Si, malgré toutes les prévisions humaines, l'Europe poussait contre nous ses cohortes jalouses de notre prospérité, et ses hordes avides de rapine et de sang, alors notre belle patrie, réunie en une seule âme, semblable au Dieu du jour qu'insultent de vils blasphémateurs, se rirait de ces bataillons, et poursuivrait, au milieu des succès, sa carrière brillante, terrassant par ses armes et ses flots de lumières ces ennemis indignes du nom d'hommes!... Quel français ne serait un héros!...

CHAPITRE IV.

Un mot sur la philosophie.

Ce protée de l'esprit humain a revêtu tant de formes, a donné lieu à tant de systèmes, qu'aujourd'hui même il est impossible de lui assigner une définition précise. Je conçois ce mot pris généralement : la recherche de la vérité dans les connaissances de l'esprit humain. Mais comme je regarde la philosophie susceptible d'être divisée en une infinité de branches particulières, je définirai celle-ci,

Le génie de chaque art, de chaque science, génie qui nous permet d'en apercevoir les plus petits détails, et d'en saisir les plus hautes conceptions! La philosophie du Gouvernement, par exemple, consiste à comprendre les mœurs de son époque, et lui enseigne les moyens d'exercer sur elles une influence salutaire; consiste à diriger les esprits dans la route indiquée par chaque poteau de la civilisation; à mèttre ses ressorts en rapport avec les exigences du temps; et, enfin, à établir ses lois et ses institutions en harmonie avec les progrès du siècle! Mais tout ceci peut-il obtenir son accomplissement au milieu des secousses réitérées et au sein du fracas d'un gouvernement guerrier? Dans leurs vastes et grandes idées d'amélioration du sort de l'espèce humaine, en grande partie confiée à leur administration, le premier soin des Adrien et des Antonins, ces princes philosophes, ne fut-il point de pacifier l'univers? D'ailleurs, tout homme qui raisonne, penserait-il jamais pouvoir construire un édifice solide sur un terrain en proie aux ravages d'un volcan, et couvert des laves brûlantes, lancées à sa surface? Pour jouir de tous les bienfaits que lui promet la civilisation, que la France devienne donc l'arche sainte de paix pour toute l'Europe. Bientôt elle sentira l'heureuse influence de la raison dépouillée des passions.

Et déjà les efforts de la philosophie ont porté des fruits! C'est par elle que la majorité des Français comprend la nécessité de l'obéissance aux lois, et que le pouvoir comprend de son côté la nécessité pour lui-même de répandre l'instruction et les lumières dans toutes les classes de citoyens, comme le seul moyen de leur faire connaître leurs besoins et de leur faire respecter leurs devoirs.

Je n'entrerai pas dans d'autres détails sur la philosophie, mon intention n'étant nullement de professer un système, mais j'ai cru devoir expliquer à peu près ce que j'entendais par ce mot dont je suis obligé de faire un fréquent usage.

CHAPITRE V.

De la Religion au dix-neuvième siècle.

Je trouve à faire un rapprochement historique, qui peut devenir utile aux âmes généreuses qui peuplent en grand nombre encore le sol de la France. Les beaux siècles de la République Romaine avaient expiré sous les coups redoublés de la puissance militaire, qui avait toujours tendu à attirer à elle, en la plaçant dans les mains d'un homme sorti de ses rangs, la domination de l'univers qu'elle avait soumis à ses armes. Je vais transcrire ici un passage d'un écrivain célèbre, et après l'avoir lu attentivement, que chaque lecteur se demande la main sur la conscience, si cette exposition des mœurs religieuses d'une époque si reculée, n'est point la peinture exacte de notre situation religieuse au 19e siècle, et qu'il voie si réellement lui-même ne pourrait pas figurer comme personnage dans le grand tableau qui est offert à ses yeux (1).

« Malgré l'esprit d'irréligion qui s'était introduit dans le siècle des Antonins, on respectait encore l'intérêt des prêtres et la crédulité du peuple. Les philosophes, dans leurs écrits et dans leurs discours, soutenaient la dignité de la raison, mais ils soumettaient en même temps leurs actions à l'empire des lois et de la coutume. Remplis d'indulgence pour ces erreurs qui excitaient leur pitié, ils pratiquaient avec soin les cérémonies de leurs ancêtres, et on les voyait fréquenter les temples des dieux; quelquefois même, ils ne dédaignaient pas de jouer un rôle sur le théâtre de la superstition, et la robe d'un pontife cachait souvent un athée. »

Je vais essayer maintenant de tracer, en peu de mots, l'état de la religion, tel que je me le figure être aujourd'hui.

Après une longue suite de siècles sur lesquels elle a exercé la plus grande influence, et où, suivant les caractères des différens temps, elle a soufflé tour à tour la tolérance ou la persécution, la religion est arrivée à une époque dont chaque pas est dirigé vers une indifférence et une incrédulité plus grandes. Quelques esprits passionnés n'osant encore attaquer de front une religion dont les racines sont

---

(1) Gibbon, Hist. de la décadence et de la chute de l'Empire romain, Vol. I, p. 70.

si profondes, préludent par ses ministres, et semblent vouloir rendre, par leurs discours et leurs actions, le mot prêtre synonime de tous les vices possibles. Un prêtre succombe-t-il aux passions qui sont l'existence de ses accusateurs, ceux-ci incapables de raisonnement et d'indulgence pour les autres, et se condamnant en eux, frappent du même anathème tous les ministres de la religion; qui maudit les prêtres d'un culte, n'est pas loin, comme on sait, d'en mépriser la divinité. Suivant cette classe d'athées, aussitôt qu'un mortel a revêtu la soutane, il doit être exempt de toutes passions et posséder les vertus d'un saint; heureusement ces hommes dangereux ne sont pas très-nombreux. Mais n'avancerait-on pas la vérité. en disant que les prêtres et les cérémonies religieuses sont plutôt tolérés que recherchés par la masse? Si l'on pouvait lire dans les consciences, en parcourant les temples du Seigneur, dans combien ne verrait-on pas la plus complète indifférence, (parlant modérément) pour toutes ces choses auxquelles ils ne participent que de présence! Combien ne diraient pas qu'ils ne sont là que par respect humain, par calculs ou pour sacrifier encore à cet usage, que l'on peut se représenter comme l'ombre qui ne manque jamais de survivre quelque temps à toute grande institution! Que de jeunes cœurs pervertis par des ouvrages de philosophie qu'ils n'ont point compris, regardent comme ridicule et indigne d'un esprit fort d'ajouter foi à des dogmes, et de s'astreindre à des cérémonies qui ont pris naissance dans des siècles reculés ! Enfin, pour terminer ce triste tableau, n'est-il pas douloureux d'être vrais, en disant : qu'il est petit le nombre des autels sur lesquels brûle un encens pur et sincère !

A présent, rapprochons les deux époques qui, d'après mon jugement, font un parallèle frappant, et voyons à l'avantage de laquelle celui-ci restera.

Les philosophes grecs et romains qui sapaient l'ancienne religion dont les dogmes, tissus grossiers mais puissans, avaient enveloppé l'univers encore dans l'enfance; ces philosophes, dis-je, étaient guidés par une idée infiniment plus sublime, et supérieure au fantastique paganisme qui abaissait les hommes devant la ridicule majesté des qualités bonnes ou mauvaises qui se partagent notre nature humaine, ou devant celle plus absurde encore d'un chat, d'un fleuve, ou d'un conquérant que la superstition avait mis au rang des dieux. Leur esprit ennobli, leur morale épurée, leur avait appris à apporter aux pieds de ces nombreux autels, un mépris général pour des divinités, créatures d'un peuple ignorant. Ils avaient conçu l'idée d'un seul Dieu créateur et souverain maître de toutes choses, et dont la contemplation enseignait aux esprits la route des hautes régions de la philosophie. Ces hommes dirigeaient donc le genre humain vers un état meilleur. Leurs idées étaient par conséquent le fruit de la civilisation naissante, dont elle devait précipiter les progrès. Avant eux, les esprits rampaient dans la matière, et prêtaient à leurs plus beaux modèles les vertus et les faiblesses de l'homme ;

l'orgueil de celui-ci allait donc s'humilier, en reconnaissant un être supérieur à tout, et ces mêmes esprits, en s'élevant jusqu'à cet être infini et parfait, pour en connaître les beautés, allaient grandir jusqu'au sublime!

Jésus-Christ parut : la morale la plus pure fut révélée au monde, dont la plus grande partie, subjuguée par tant de douceur, se rendit à son heureuse influence. Ses apôtres établirent les dogmes de cette religion qui, comme un vaste flambeau, a éclairé l'univers jusqu'à nos jours. Quel homme penserait faire luire parmi ses semblables des principes de morale plus sublimes que ceux qui ont survécu purs aux torrens des révolutions qui, grosses de toutes les passions, entraînant l'espèce humaine pendant près de dix-neuf siècles, ont été s'engloutir avec tant de générations dans cet abîme sans fond que l'on nomme le Temps! D'où l'on peut conclure que la destruction de notre religion causerait un éboulement général, dont les résultats seraient de replonger l'univers dans un affreux chaos.

Convaincu des beautés et de la nécessité de la religion chrétienne, je hasarderai quelques reflexions générales.

Loin de moi de penser que l'on ne doive pas mettre un frein à ces esprits ambitieux (car il s'en trouve aussi parmi les prêtres, ils sont hommes), qui, franchissant la barrière sacrée que la morale d'un Dieu a placée entre le spirituel et le temporel, voudraient que ces deux puissances qui se partagent l'univers, fussent réunies en une seule et contenues sous une tiare. La religion est dans l'Etat, ceci ne fait plus question, et au gouvernement seul appartient le temporel ; mais aussi à lui seul est le droit de réprimer les folles prétentions de ces hommes.

Je ne prétends point non plus m'établir le défenseur outré de cette multiplicité de cérémonies dont la politique des prêtres ou des gouvernemens a cru devoir surcharger le culte. J'aurais désiré que celui-ci fût le plus simple possible, parce qu'alors il se serait moins éloigné de la morale de son fondateur. Mais il ne s'ensuit pas non plus que celle-ci doive être enveloppée dans la ruine qui menace quelques-unes de ces additions qui ont pu avoir leur moment d'utilité. Pour exposer enfin nettement ma pensée dans une comparaison qui sera du goût de notre époque, je demanderai ce que l'on eût pensé de l'homme qui, après la victoire de juillet, eût proposé de détruire l'immortelle colonne Vendôme, par le seul fait qu'elle était dominée par le drapeau blanc, enseigne d'un ordre de choses vieux déjà d'un siècle ?...

Il est presque inutile à moi, je pense, de dire que, par religion chrétienne, j'entends toutes celles qui, parties d'une même source, ne se divisent en plusieurs branches que par suite des difficultés subtiles soulevées par les fureurs de la controverse théologique, si fortement caractérisées à certaines époques, mais qui toutes vivifiantes sur leur passage par la même morale, ont fertilisé et fertilisent encore aujourd'hui les nations les plus civilisées, et vont se réunir au plus noble but, la perfection de l'espèce humaine! N'avons-nous pas déjà vu s'accomplir parmi nous cette heureuse maxime proclamée à la tribune de la civilisation : Tolérance pour tous!... Français! si nous étions sincèrement religieux, le cœur de l'honnête homme serait-il serré à chaque instant à la vue des raffinemens ingénieux à l'aide desquels l'immoralité cherche à captiver l'imagination? Comment se le dissimuler? La dépravation s'affiche publiquement dans les rues et se montre hideuse sur la scène. Nulle, je l'avoue, serait ma confiance dans l'homme que je saurais sans religion. Assurément, je suis le premier à m'affranchir de certaines cérémonies qui, je le pense, doivent rester l'apanage du sacerdoce; et, si quelques parties du vaste édifice que des milliers de générations ont vu grandir, sont à sacrifier à la nécessité des temps, faisons-le avec prudence, mais n'allons point en attaquer la base majestueuse; car alors les débris de tant de siècles nous enseveliraient sous leurs ruines.

Que je suis loin cependant de désespérer de la morale publique! Oui, la religion reprendra son doux empire; car elle est inséparable de la philosophie. Déjà l'effervescence des passions s'apaise; et bientôt, oui, bientôt sous leur double et heureuse influence, ma belle patrie deviendra l'astre des nations.

CHAPITRE VI.

Ce que l'on doit entendre par liberté.

Il n'est, suivant moi, que deux libertés possibles, celle qui subsiste chez les peuples sauvages et qui est plutôt une liberté physique, et celle qui grandit chez les autres nations avec la civilisation. J'espère qu'on ne trouvera pas mauvais que je néglige la première pour ne m'occuper que de la seconde.

Le Français, que je regarde comme le peuple le plus avancé en tout, a compris la liberté et l'a conquise par la voie des armes. Le sang versé doit faire regretter qu'un gouvernement inhabile n'ait pas connu les progrès de son siècle, et qu'en renouvelant et en élargissant la base de ses institutions à mesure que la civilisation grandissant éprouvait, pour ainsi dire, le besoin de développer sa nouvelle existence sur un plus vaste terrain, il n'ait pas prévenu la violente commotion qui a failli rompre tous les liens de la grande société. Celle-ci s'était élevée de plusieurs siècles, le gouvernement resta stationnaire; et au lieu d'essayer de se placer à la hauteur de la masse, il persista à vouloir la faire redescendre vers lui. De quel côté était la force? La main puissante de l'opinion publique précipita dans les flots de l'oubli un trône abandonné. Quelques larmes stériles furent permises pour le malheur, et l'équilibre ayant été rompu tout à coup entre le pouvoir et la nation, celle ci s'élança rapidement dans le champ du nouveau et des améliorations. Abandonnée à elle-même, elle se serait perdue : aujourd'hui, les ressorts d'un gouvernement né du nouvel ordre de choses prennent de la force : enfanté par la liberté, il ne peut que vouloir la consolider et la mûrir. Maintenant que pouvons-nous entendre par liberté, nous autres Français? Nous avons été un moment jetés violemment hors des lois; c'était inévitable : cette nécessité a disparu; la masse de la nation, fatiguée de révolutions, s'est replacée avec empressement sous l'empire de ces mêmes lois, jugeant sagement que là étaient ses garanties de liberté, et que si quelques-unes y mettaient entrave, c'était à la prudence du temps à les indiquer aux membres éclairés choisis par elle, à les désigner à l'improbation du gouvernement, qui seul a le droit de les effacer du contrat social. Oui, dans l'exécution des lois est la seule liberté possible pour nous. Si le gouvernement ou la nation osait les enfreindre, d'un côté serait le despotisme et de l'autre la licence, tous deux principes d'une perte certaine. Le grand œuvre de la régénération ne peut donc être assuré que par la prudence :

Tantæ molis erat romanam condere gentem !

Mais non! suivant certains hommes, il faut commencer par tout abattre. Anathème, disent-ils, sur tout ce qu'ont fait nos pères! ils étaient esclaves; ce qui les a gouvernés ne peut convenir à nous qui sommes libres. Alors ces furieux déposent dans leur cœur un gouvernement qui ne s'abandonne point aux passions qui les agitent; et, prostituant le drapeau de la liberté sous l'empire d'une licence effrénée, on les a vus se répandre dans les rues, poussant des cris de violence et de sédition qui allèrent se briser, impuissans, contre la volonté énergique des honnêtes gens. Que n'ont-ils point essayé, ces amis dangereux armés du pavé de l'ours? ils ont soulevé un nom lourd de souvenirs et redoutable de prestiges pour en assommer la liberté! Les audacieux! au nom de cette déesse de paix, ils invoquaient l'homme dont le vaste génie fit trembler l'univers pour son repos, et dont la statue de gloire s'élevait sur un piédestal sanglant! Mais ils n'ont trouvé partout, pour le conquérant qu'ils insultaient, qu'admiration et respect, au lieu d'amour et sympathie! La liberté, fleuve majestueux aux ondes pures et dorées, prend sa source au sein des vertus, et mène, par une douce pente, à la civilisation la plus parfaite. Mais redoutons de nous tromper : près de cette même source, s'élançant des passions, la licence, torrent furieux, roule des eaux enflammées qui détruisent tout sur leur passage, et les peuples qu'il entraîne vont s'abîmer dans la barbarie la plus complète.

Oui, nous voulons et nous aurons la liberté; mais en esprits sages, nous savons que tout a des bornes dans ce monde; confions-nous à nos deux devises : La Charte sera une vérité!.. Liberté, ordre public!..

CHAPITRE VII.

Des deux modes de Gouvernemens positifs qui sont en présence.

Mon intention n'est pas de venir avec mes faibles

couleurs peindre les différentes formes de gouvernement, en faire ressortir tous les détails, quand je sais que les mêmes tableaux, échappés aux pinceaux de nos plus grands maîtres, font l'admiration de tout le monde! Je vais seulement parler des deux modes de gouvernement qui, à mon avis, sont en présence l'un de l'autre; car, en ce que j'entends par gouvernement, négligeant tout ce qui est utopie ou encore dans les brouillards d'un long avenir, je ne m'occupe que du positif.

Mon sujet a donc rapport à la république et à la monarchie. L'histoire de tous les siècles met du côté de cette dernière une majorité imposante dans le partage que ces deux gouvernemens se sont fait de l'espèce humaine, tant dans le nombre des peuples qu'ils ont tenu sous leurs lois que dans celui des siècles qui se sont écoulés durant leur règne.

De la République.

Je la regarde comme plus pure et plus sublime que le gouvernement monarchique connu jusqu'à nos jours, quant à la théorie, mais impossible à mettre en pratique pour l'époque actuelle, puisqu'il lui faudrait des hommes tels qu'ils devraient être, et non pas tels qu'ils sont.

Un peuple sorti des mains de la nature, riche de simplicité et pauvre de besoins, conserve la pureté de ses mœurs et peut vivre en république, parce qu'il a toutes les vertus de républicain. Pour y rester, il doit demeurer le même; mais la population augmente, l'industrie avec elle, qui entraîne à sa suite le luxe; celui-ci enfante la cupidité, dont les esclaves acquièrent des richesses, source de l'ambition. Alors les hommes possédés de cette passion, ne comptant plus pour rien le bien public, s'élancent dans des chars traînés par la corruption et la servilité qu'ils aiguillonnent de l'or; et, foulant sous les roues le cadavre de la république, ils arrivent ensanglantés au but du pouvoir.

Si le malheureux essai que les Français, abandonnés à la fureur des passions, ont fait de ce genre de gouvernement, n'arrête point les desseins de ceux qui veulent nous y faire retourner, je ne leur dirai qu'une chose : Etouffez toutes ces passions, afin de trouver des républicains; car il faut que le gouvernement soit un corollaire des mœurs.

Du Gouvernement monarchique.

En premier lieu, ce Gouvernement fut presque généralement despotique, c'est-à-dire sous l'empire absolu d'un seul. Ceci était la combinaison inévitable de la puissance militaire qui, après avoir saisi de ses fortes mains les rênes du pouvoir, vaincue à son tour par l'habitude de la discipline, soumettait toutes ses volontés à celle d'un seul homme, son chef. Cet état présentait de bien grands inconvéniens et fort peu de garanties, puisque, résultat de la conquête, il mettait dans les mains d'un seul, bon ou mauvais, le sort de tous, sans permettre aux membres de la société vaincue de pénétrer dans les secrets d'un pouvoir toujours armé de la force et de la violence. Tel fut le Gouvernement absolu qui, établi d'abord sur une base solide, vit disparaître un grand nombre de générations. Cependant, miné à la longue par des abus excessifs, il s'est écroulé sous les coups de la philosophie et de la civilisation, et la France lui aura échappé pour toujours, à moins de retomber dans la barbarie. Mais pour arracher la nation de ces ornières profondes, il fallut une force des plus violentes. Toutes les passions furent soulevées. Sur leur brasier enflammé, on vit surgir une république, monstre aux entrailles de feu qui dévora ses enfans, et de ses bras de géant fit trembler la terre dans ses fondemens. Et, alors, dans toute la France, on eut pu entendre le sol gémir sous le nombre des instrumens de mort. Enfin ces cruelles passions consumèrent leur férocité; elles ne furent plus qu'ardentes. L'Europe dut encore craindre pour son sort. Un colosse apparut aux nations étonnées, qui, étouffant dans ses victoires la république et la liberté, vit un de ses pieds posé sur les colonnes d'Hercule, et l'autre enfoncé dans les neiges de la Russie. Les Français obéissaient de nouveau au plus fier des tyrans. Tout pliait sous son sceptre de fer; l'airain était l'interprète de ses ordres! A la fin, ses succès trop répétés causèrent sa chute. La France, dont il tirait les hommes destinés à nourrir sa force, s'épuisa; l'Europe, tant de fois vaincue, et honteuse d'une si grande masse de gloire acquise contre elle, crut que celle-ci irait expirer avec le héros au vaste génie, qui fut enterré lâchement sur un rocher aride, loin du théâtre de ses exploits. Avec lui disparut l'empire. L'impulsion trop forte donnée à la nation ne lui permettait pas encore de retrouver l'aplomb. La patrie ne pouvait fixer ses pénates sur un sol tremblant par tant de secousses. Cependant elle ne devait point rétrograder. Le bruit des armes ayant cessé, la philosophie put faire entendre sa voix. Les liens de la société avaient été rompus; chacun était maître de se retirer. Alors fut arrêté un pacte social entre un peuple libre et un Gouvernement qu'il recevait, en lui imposant un serment solennel qui le liait au respect des droits de l'homme, et des institutions qui promettaient le développement de la civilisation et de la liberté, et l'heureuse France devenait monarchie constitutionnelle : combinaison admirable qui, basée sur l'équilibre parfait des trois parties contractantes et intéressées, doit éviter les excès des deux épreuves dont elle n'est sortie que sur les débris de tant de générations. Une nouvelle et récente secousse dont la nation s'est élancée victorieuse d'un pouvoir rétrograde, n'a fait que consolider ce système dont le point central, la Charte, a rallié toutes les opinions au moment du danger. Le Roi, dont le despotisme entraînait jadis les malheurs les plus grands, n'a plus de puissance que pour le bien! Élevée sur les bras de l'esclavage, et entretenue par l'ignorance, cette aristocratie de noblesse, gouffre où allait s'engloutir le produit des sueurs populaires, n'est plus à redouter aujourd'hui; et à mesure que ce Gouvernement se fortifiera, il se dépouillera de ce qui peut lui rester encore de son grossier prédécesseur. Alors nous n'aurons plus qu'une aristocratie de mérite, aussi utile que l'ancienne était nuisible. Enfin, ne faut-il point une digue modérée à l'impétuosité des flots démocratiques. Sans doute, les lois faites pour le bonheur des masses, doivent obtenir l'assentiment de celles-ci; mais dans une nation de 32,000,000 d'individus, quel serait le forum qui permît de rendre les débats publics; et s'il s'en trouvait un, la tribune populaire chargée d'indiquer au pouvoir les intérêts de tous, ne deviendrait-elle point la forge de Vulcain, où les passions des hommes peu éclairés prépareraient la foudre révolutionnaire? Tous ces dangers sont prévenus. Ce peuple désigne l'homme qu'il croit le plus en état de comprendre ses droits, et de veiller à sa sauvegarde. Alors, tranquille pour son avenir, il s'adonne à l'industrie qui doit le faire vivre, et contribuer à la prospérité de son pays. C'est ainsi qu'une grande nation se trouve représentée par un petit nombre d'hommes, forts de leurs lumières, et sentinelles avancées de la civilisation, chargées d'en éclairer la marche. La monarchie constitutionnelle, qui ne compte encore que quelques années, ne peut avoir atteint la perfection. Elle y arrivera, protégée par la confiance qui naîtra de ses nombreuses garanties de liberté.

CONCLUSION.

Après tout ce que nous venons de voir, je demande s'il est possible d'hésiter entre les deux Gouvernemens en présence. Quant à moi, la monarchie constitutionnelle me paraît la seule combinaison possible pour le bien-être général; et ma conviction est appuyée sur la situation des esprits que je vais essayer de peindre en peu de mots.

Le vaste foyer de passions qui a embrasé l'Europe, n'est point éteint; les âmes conservent encore une inquiétude ardente d'où naît toujours la soif du nouveau et du meilleur. La chose publique, arrachée violemment au mal, éprouve beaucoup de peine à s'asseoir sur le bien; elle dépasse, pour ainsi dire, son assiette. Enfin quelques hommes d'aujourd'hui courent après les siècles; ne voulant point admettre que si plus tard nous devons être façonnés pour un meilleur ordre de choses, il est au moins nécessaire que nous ayons passé par l'étamine de ces siècles!

Archimède disait que s'il trouvait un point d'appui, il souleverait la terre; mais, trop sage pour s'abandonner à cette chimérique recherche, il s'occupa du possible et de l'utile; il défendit sa patrie, et en retarda la perte! Ainsi, sans aller nous plonger tout entiers dans les rêves sublimes sur ce que deviendront les hommes, prenons-les comme ils sont; et avant de vouloir faire le bonheur des peuples qui sont encore dans un avenir de plusieurs générations, il me semble plus naturel et plus positif de songer à celui de ceux d'aujourd'hui. Ceci me paraît plus raisonnable, et, loin d'entraver les grandes vues d'amélioration des philosophes modernes, ne peut que les seconder merveilleusement, en leur donnant un point de départ. Or, je le demande, tous les hommes sont-ils vertueux, ont-ils déposé les passions et l'égoïsme; enfin ressentent-ils l'un pour l'autre une amitié de frères? Ces signes qui annonceront la civilisation la plus complète; n'existent jusqu'à présent qu'en théorie. Que de temps il faudra pour en faire une réalité! En attendant cet heureux état infiniment supérieur à tout ce qui a existé jusqu'à ce jour, et n'ayant même que très-peu de ressemblance avec les mœurs d'une république, qui développent plutôt qu'elles ne compriment l'ambition, le plus grand ennemi de la liberté publique ; en attendant, dis-je, cet âge d'or, où toute la terre, confondue en une seule société dont chaque membre faisant aboutir ses actions vers un même but, le bien général, l'espèce humaine pourra presque se passer de lois, occupons-nous sérieusement de consolider l'édifice qui doit nous abriter pendant un si long temps. Donnons-lui la force de protéger contre les orages les progrès de ce grand œuvre de régénération. Sous l'égide des lois, la civilisation pourra repousser les attaques de ces esprits passionnés, toujours en grand nombre, et qui, restant sans frein, pourraient bien, inaccessibles à l'influence de la philosophie et de la sympathie générale, étouffer celles-ci encore au berceau, et nous faire rétrograder de plusieurs siècles vers un règne de barbarie. Enfin évitons la guerre, si nous tenons à la prospérité de notre pays et à sa liberté, car celle-ci ne peut exister en présence des baïonnettes ; le premier coup de canon serait le signal de son agonie. Et quel est l'homme de bonne foi qui ne convienne que les fureurs de Mars ont bientôt changé en larmes de sang le bonheur d'une nation qui met son espoir en lui !

FIN.

TABLE DES CHAPITRES.

89

www.ingramcontent.com/pod-product-compliance
Ingram Content Group UK Ltd.
Pitfield, Milton Keynes, MK11 3LW, UK
UKHW020421220726
13923UKWH00005B/2084

9 782019 282271